Alan Oliveira

ilustrações de
Alexandre Camanho

tanto faz

Coleção Jabuti Vida

1ª edição
3ª tiragem
2015
Conforme a nova ortografia

Editora Saraiva

Gerente editorial: ROGÉRIO GASTALDO DE OLIVEIRA
Assistentes editoriais: KANDY SGARBI SARAIVA
e SOLANGE MINGORANCE
Auxiliares de serviços editoriais: ANDREIA PEREIRA
e RUTE DE BRITO
Preparação de texto e suplemento de trabalho: MIRÓ
EDITORIAL
Revisão: PEDRO CUNHA JR. e LILIAN SEMENICHIN
(coords.)
Gerente de artes: NAIR DE MEDEIROS BARBOSA
Supervisão de arte: VAGNER CASTRO DOS SANTOS
Diagramação: AEROESTÚDIO
Finalização: HAMILTON OLIVIERI JR.
Produção gráfica: ROGÉRIO STRELCIUC
Impressão e acabamento: DIGITAL PAGE

Dados Internacionais de Catalogação na Publicação (CIP)
(Câmara Brasileira do Livro, SP, Brasil)

Oliveira, Alan
Tanto faz / Alan Oliveira ; ilustrações de Alexandre Camanho. – São Paulo : Saraiva, 2008. – (Coleção Jabuti)

ISBN 978-85-02-07295-4
ISBN 978-85-02-07296-1 (professor)

1. Literatura infantojuvenil I. Camanho, Alexandre. II. Título. III. Série.

08-05075 CDD-028.5

Índice para catálogo sistemático:
1. Literatura juvenil 028.5

Editora Saraiva

Rua Henrique Schaumann, 270 — Pinheiros
CEP 05413-010 — São Paulo — SP
SAC | 0800-0117875
De 2ª a 6ª das 8h30 às 19h30
www.editorasaraiva.com.br/contato

202794.001.003

agora tanto faz
estamos indo de volta
pra casa.

Renato Russo

a noite estava tão escura

que mal se via o contorno das árvores. O vento batia contra a água arranhando e uivando, antes de desaparecer na madrugada. Um exército de nuvens desordenado e veloz marchava no céu negro. Sacudiam o mundo quando se chocavam; trovões, raios, tigres rugindo de fome.

O carro entrou na pista da lagoa com o farol apagado e parou diante de uma enorme mansão.

— É aqui?

— Sei lá, não consigo enxergar direito. Acende o farol.

— Não tem perigo?

— Claro que não. Numa noite como esta ninguém sai de casa.

O homem acendeu o farol da caminhonete.

— Não é aqui.

— Droga! Você não tem o endereço?

— Só em casa. Achei que reconheceria o lugar.

— Apaga este farol.

O homem obedeceu e ficaram em silêncio, preocupados. O caixote que traziam na carroceria estremeceu, seguido de um gemido assustador.

— Vamos embora, amanhã entregamos a encomenda.

— E onde ela vai ficar esta noite?

— Na sua casa.

— Na minha?

— Algum problema?

Estava tão cansado que desistiu de discutir.

— Não, nenhum problema.

Ligou o carro. Gelou quando viu um farol, ainda distante.

— Não estou gostando disto — disse, observando pelo retrovisor.

— Será a polícia?

— Se for, estamos fritos.

O farol continuou crescendo na direção deles. A luz vermelha piscou sobre o teto do carro.

— Droga, é a polícia!

— E agora?

— Vamos abandonar o caixote.

— O quê?... Tá maluco, cara! E nosso dinheiro?

— Prefiro continuar pobre e livre. Se pegam a gente, é cadeia na certa.

— Mas...

— Depressa! — o outro disse, com autoridade. Desceram e foram até a carroceria. O farol continuava contornando a lagoa, abrindo caminho na escuridão. Com dificuldade, soltaram as correias que prendiam o caixote sob a lona e o arrastaram até o chão.

— E agora?

— Agora adeus.

Os homens pularam apressadamente para dentro do carro. Saíram cantando pneu, a caminhonete balançando para a esquerda e para a direita, mal se equilibrando sobre os eixos.

Depois de alguns minutos, a viatura encostou junto ao caixote atravessado no passeio. Os policiais ficaram olhando, até que o jovem cabo abriu a porta preparando-se para sair. Desistiu, vendo a madeira encurvar lentamente.

As narinas apareceram primeiro, quando o caixote arrebentou nos lados. Depois, a madeira foi encurvando lentamente até se romper num *crac* seco e curto. Ao sair procurando ar, a cabeça arremessou lascas e pregos na direção da viatura. Logo depois o corpo incrivelmente longo surgiu, inchando na escuridão. Ossos e músculos, sangue e fibras, microscópicas excreções lutaram até verem-se livres... a pele enrugada deslizou para fora, lixando o azul da madrugada.

O policial arrastou seu pé novamente para dentro do carro, mas não teve coragem de fechar completamente a porta, para não quebrar o silêncio que os protegia.

Os olhos esverdeados iluminaram-se repentinamente, quando o grande focinho sentiu a umidade da água. Agitou o corpo sob o amontoado de lona, corda e madeira até se livrar dele, caminhando em linha reta e parando desafiadoramente ao lado do carro.

Suas patas deixaram marcas profundas na lama quando disparou em direção à lagoa.

O policial precisou colocar as duas mãos sobre a coxa para que parassem de tremer. O sargento que o acompanhava esbugalhou os olhos e gritou:

— Minha nossa! Viu aquilo?

POLICIA

estava em Cabo Frio.

Ele sabia que era Cabo Frio porque esteve ali na única vez em que viajara para a praia; o céu azul estendendo-se sobre as rochas do velho Forte, a areia branca e fina das dunas desmanchando-se lentamente para reunirem-se outra vez um pouco adiante, o mar gelado e verde e as espumas, o algodão que borbulhava, as espumas. E o vento, ah, o vento, que nunca parava de soprar.

Aninha estava na água, as ondas eram fracas e ela vez ou outra mergulhava, sumindo por segundos. Depois aparecia balançando a cabeça para enxugar os cabelos e deixar o Sol morrendo de inveja; aqueles fios vermelhos eram muito mais bonitos que qualquer raio solar.

Duda estava na areia olhando para Aninha. Ela saiu da água e sentou ao seu lado; em silêncio, ficaram olhando o mar. O Sol começou a esconder-se entre as rochas e tudo mudou de cor. Duda segurava a mão de Aninha quando viram um cachorro tentando alcançar uma gaivota que voava baixo...

Duda acordou e ficou sorrindo, depois passou a língua pelos lábios recolhendo pedaços do sonho que ainda estavam ali.

Sua mãe o chamou, ele levantou e foi ver na janela. Seu pai estava encostando o portão. Enfiou a camiseta, pulou sobre os chinelos e correu.

— Pai! — chamou. Antônio virou-se e esperou pelo filho.

— Não vamos pescar hoje?

— Não sei. A *BMW* tá com algum problema. Acho que gripou com este tempo maluco.

BMW na verdade era o Fiat 147 da família. Conservado, mas um tanto temperamental. Era só esfriar demais que resolvia fazer greve, imóvel na garagem.

— De qualquer forma consiga algumas iscas. Quem sabe...

Além dos cinco canteiros da horta, no quintal da casa havia uma faixa de terra junto ao muro, onde Duda desenvolvia sua respeitável criação de minhocas. “A fazenda do Duda” era como chamavam o lugar.

Antes que o garoto começasse a cavar, ouviu a voz da mãe:

— Café primeiro!

Quis reclamar, mas Teresa simplificou as coisas:

— Sem café, nada de pescaria.

Lavou-se e sentou-se à mesa. Um bolo escuro coberto com pequenos flocos de chocolate o aguardava. Mal começara a comer quando Dodinha entrou.

— Come mais! — ela foi dizendo. — Bolo de café faz bem, engorda.

Dodinha era avó de Duda.

— Mãe, não é de café, é de chocolate — Teresa repetiu pela décima vez.

— Quem te falou? Só porque foi você que fez não quer dizer que sabe mais do que eu. Se tô dizendo que é de café, acho melhor não discutir comigo.

Duda olhou para a mãe e sorriu. Enfiou um grande pedaço na boca.

— Isso! — Dodinha incentivou. — Não quero nenhuma codorna magricela ciscando na comida. Tem de devorar...

O menino ouviu o ronco do carro. Levantou da mesa desesperado, esparramando farelos do bolo e deixando sua avó falando sozinha. Já estava lá fora quando Teresa quis impedi-lo.

— Funcionou! Funcionou! — gritou enfiando a cabeça pela janela do motorista.

— Parece que nossa pescaria está confirmada — Antônio disse.

Era um sábado cuja manhã tinha nascido fria, mas o Sol já afastara algumas nuvens colocando seus olhos quentes e curiosos entre elas. Duda correu até a fazenda e encheu a lata de iscas enquanto Antônio ajeitava as varas sobre o carro.

O Fiat saiu da garagem tremendo. Quando suas rodas tocaram a rua partiu ronronando e espreguiçando feito um gato.

Bicicletas que iam e vinham, corredores que confirmavam seu tempo nos relógios, cachorros seguindo seus donos, e pescadores, dezenas de pescadores agachados junto à água, que enrugava timidamente quando era tocada pelo vento.

Foi o que viram, quando chegaram na lagoa da Pampulha.

Encostaram o carro em frente ao museu e desceram, escorregando por uma trilha entre as árvores. Antônio tirou as coisas da sacola e colocou na esteira estendida sob uma sombra: duas laranjas, três bananas, pão com queijo e salame, um grande pedaço de bolo de chocolate e água.

Duda levantou o plástico que protegia a lata e escolheu as primeiras minhocas a irem para o anzol. Colocou a isca com cuidado e fez um enorme esforço para lançar a linha o mais longe possível.

— Hoje tá beliscando! — Antônio gritou pouco depois, sentindo a fisgada.

Deu um golpe arrancando o peixe do fundo de uma só vez. Não tinha mais que um palmo, mas pulava na superfície, com bravura, tentando escapar. Não demorou muito e Duda também puxou para a margem uma tilápia, cuja pele escura descamava ao menor toque.

— É só um peixe velho — Antônio disse, notando que o menino olhava com curiosidade as manchas no dorso estreito.

— Peixe velho?

— É. Não sabia que peixes envelhecem?

Duda ficou imaginando aquele ali cheio de netos, batendo sua bengala tentando encontrar um lugar na fila dos aposentados.

— Coloca na caixa. Ou vai passar o dia inteiro olhando para ele?

— Tá bom, lá vai!

Guardou o peixe, e depois outro e vários outros, e cada um levou uma parte do sábado para dentro do isopor, até que escureceu.

— Hora de ir! — Antônio avisou, sentindo o frio soprar suas orelhas.

Duda pensou em reclamar, mas lembrou-se da *pizza*.

O lugar estava cheio quando entraram. Era um galpão modesto, comprido, com mesas espalhadas sem muita ordem. Sentaram-se próximos à grande janela arredondada, de onde podiam apreciar o pé de abacate debruçado sobre o telhado e os micos domesticados que subiam e desciam dos galhos.

— Boa noite, Antônio — o garçom disse, e depois cumprimentou a todos com um olhar simpático.

— Vão querer o de sempre? — perguntou.

— O de sempre — Antônio confirmou, e o rapaz afastou-se anotando em seu papel: uma cerveja, dois refrigerantes, um suco de melão e uma *pizza* gigante com muito palmito e alho.

— Esse garçom parece suspeito — Dodinha falou.

— Como assim, vó? — Duda ficou curioso.

— Como assim o quê? Um suspeito é um suspeito, uai! — ela respondeu, lançando seu olhar inquisidor sobre o garçom enquanto ele se afastava.

— Mãe, não começa! — Teresa pediu. Dodinha não deu atenção, segurou entre os dedos uma mecha do cabelo, como costumava fazer quando se sentia entusiasmada.

— Lembra daquela explosão na África, da embaixada americana que voou pelos ares? Não acha que ele pode estar envolvido? — perguntou ao genro. Antônio passou a mão pelo rosto, olhando a porta por onde o garçom desaparecera.

— Acho, sim. Além do mais, tem um sotaque esquisito. Vai ver é um radical mulçumano disfarçado de garçom — ele concordou com seriedade.

— Antônio! Quer parar com isto? Não fica incentivando estas bobagens da mamãe! — Teresa protestou. Tarde demais. Dodinha tirou da bolsa seu inseparável bloco de anotações e escreveu: "Garçom moreno, mais ou menos 1,70 m de altura. Suspeito suspeitíssimo. Acompanhar seus movimentos".

Mãe e filho, que observavam por cima da mesa a mão de Dodinha rabiscar no bloco, trocaram olhares e depois balançaram os ombros como quem diz: "Fazer o quê?".

O garçom chegou com o pedido. Abriu as garrafas, vigiado atentamente. Fatiou e começou a servir.

— Pensa que me compra? Acha que não vou investigar o que você fez só por causa de uma *pizza*? — Dodinha desafiou quando ele colocou em seu prato o pedaço fumegante e cheiroso. Mas assim que começou a comer fechou os olhos, esquecida de todas as conspirações e intrigas internacionais, deliciando-se num mundo de queijo, orégano e massa. O garçom sorriu discretamente, continuando a servir.

— Bom apetite! — desejou, virando as costas e saindo.

Quando todos terminaram, ele aproximou-se novamente.

Então, Antônio, viu o jacaré? — perguntou, quando começou a limpar a mesa.

— Que jacaré?

— Dizem que apareceu um na lagoa, imenso.

— Um jacaré na lagoa? — Dodinha ficou imediatamente curiosa.

— Ninguém sabe de onde veio, mas parece que é um baita bicho.

— Quem viu? — Dodinha continuou interrogando.

— Algumas pessoas que conheço.

— Isto tá parecendo conversa de pescador — Antônio duvidou.

— Ou pior... de terrorista — Dodinha alfinetou.

— É mesmo, né, dona Dodinha? Quem sabe isso não é um boato espalhado pelo Bin Laden... com minha ajuda, claro — o garçom respondeu à provocação, ironizando.

— Não duvido nem um pouco! — Dodinha retrucou. O garçom preferiu não dizer mais nada, terminou de arrumar a mesa e foi buscar a conta.

— Pai, a gente bem que podia tentar encontrar esse jacaré — Duda sugeriu.

— Tá maluco, menino? — Teresa cortou.

— Só olhar...

— Quer saber? Não acredito muito nessa história — Antônio finalizou.

Pagou a despesa e depois saíram juntos em direção ao carro. Dodinha recomeçou a fazer anotações em seu bloco enquanto caminhava. Quando Duda tentou ler ela baixou rapidamente a mão, mas o menino ainda conseguiu ver escrito em letras grandes e irregulares: "Projeto Jacaré". Ia tentar ler as linhas seguintes quando Antônio falou, abaixando-se:

— Deixa eu ver se ainda consigo te carregar no ombro. — Duda subiu e agarrou-se ao pescoço do pai, gargalhando cada vez que Antônio fingia perder o equilíbrio.

foi a primeira vez que Duda viu seu pai **chorando.**

Dois ou três dias depois daquele sábado, ele levantou-se para ir ao banheiro e escutou vozes que sussurravam. Seu quarto — que dividia com Dodinha — ficava no final de um corredor. Ainda meio adormecido, caminhou por ele até a cozinha, seguindo a luz que escapulia do pequeno cômodo.

Antônio estava sentado em frente a um copo de leite, passando a mão direita sobre as lágrimas que escorriam. Teresa olhava para o fogão como se ali, entre as manchas da pintura envelhecida, pudesse encontrar uma saída.

— Pai! — Duda chamou. Antônio levantou-se rapidamente e caminhou até a pia. Derramou o resto do leite e começou a lavar o copo.

— Duda! Tá fazendo o quê acordado a esta hora?

— Xixi — o garoto disse, sem desgrudar os olhos do pai.

— Vem, te levo pra cama — Teresa falou, agarrando o menino pela mão e puxando até o quarto.

— Mãe, o pai tava chorando?

— Não.

— Mas eu vi.

— A única coisa que você tem de ver esta hora é sua cama.

Teresa colocou-o sob o lençol e saiu. Antes ouviu:

— Mãe...

E respondeu sussurrando:

— Dorme.

"Bolinho de jacaré com agrião, filé de jacaré, jacaré à milanesa, jacaré com feijão branco, jacaré assado em forno brando..." Dodinha sonhava em voz alta, enquanto Duda vigiava a luz que vinha da cozinha e acenava pela fresta da porta. Não ouvia as vozes, mas sabia que ainda estavam lá. Só adormeceu quando a luz apagou. Puxou o lençol até o pescoço, escutando Dodinha murmurar entre um silêncio e outro: "Jacaré tostado, jacaré malpassado, jacaré com pão de forma, jacaré com abóbora cozida". Adormeceu ouvindo a ladainha: "Jacaré com salsa e muito limão, jacaré ao leite, jacaré..."

Foi acordado de manhã pela voz da mãe:

— Duda, tá na hora!

Levantou e arrumou-se. Quando entrou na cozinha estranhou ver o pai ali. Antônio normalmente saía de casa às 4h30. Dirigia o primeiro ônibus, do bairro até o centro da cidade.

— Pai, o senhor tá de férias?

— Mais ou menos. Quer um ovo?

— Quero.

Antônio começou a preparar um estrelado. Podia sentir os olhos de Duda grudados em suas costas. Terminou, colocando sobre a mesa junto com o leite. Antes que o filho perguntasse alguma coisa, disse:

— Come.

Depois de o ver devorar o ovo, avisou:

— Tá na hora, vai.

O menino pegou suas coisas e saiu, caminhando até a escola.

A sala de aula tinha quase cinquenta cadeiras, e precisava desviar-se de várias até alcançar a sua. Antes de sentar, disse oi para a menina ruiva que balançava preguiçosamente as pernas na cadeira detrás.

Quando o sinal bateu para o recreio, Duda desceu correndo até o pátio, onde uma bola de meia era disputada por uns cinquenta meninos. Entrou no meio da bagunça, até que viu Aninha descer a escada abraçada a uma amiga. Correu para o banheiro e lavou o rosto, enxugando-o com as costas da mão. Foi até onde estavam as meninas e sentou-se ao lado delas. Aninha continuou conversando com a colega, até que esta saiu. Duda colocou limonada no copo e tirou um biscoito da lancheira, oferecendo a Aninha. Ela bebeu em silêncio mordiscando a bolacha. Quando terminou, devolveu o copo ao menino. Os dois ficaram olhando a molecada engalfinhada tentando acertar a bola. Vez ou outra riam, quando alguém se esborrachava na terra seca.

O sinal tocou. Os dois subiram e sentaram-se.

A professora falava das terras férteis que se estendiam ao longo do rio Nilo, e de como eram aproveitadas para o plantio do milho, quando Aninha cochichou, curvando-se para falar próxima ao ouvido de Duda:

— E o jacaré, hein?

— Ué, você já tá sabendo desta história? — surpreendeu-se, e virou a cabeça na direção dela.

— Ora, Duda, todo mundo no bairro já sabe. Será que é verdade?

— Não sei. Você acha que é?

— Só indo lá para descobrir... Acha que seu pai se importa se eu for pescar com vocês no sábado?

Duda ficou olhando Aninha, interrogativo. Ela sempre fizera discursos contra pescarias nas quais os peixes não eram devolvidos à água.

— Mas nós ficamos, nós sempre ficamos com os peixes. Nós fritamos os peixes e adoramos e...

— Tudo bem, desta vez eu não vou falar nada, pois meu assunto é o jacaré. Será que posso ir?

— Se você prometer ficar quieta, acho que não tem problema.

— Ótimo. De volta aos egípcios, então.

Quando Duda chegou da escola, Dodinha estava mexendo em um dos canteiros da horta.

— Tudo bem, vó?

— Pois sim se está tudo bem. Imagina... Antônio não merecia isto.

— Merecia o quê?

— Olha aqui — Dodinha mostrou um imenso molho de manjericão, esquecendo o assunto —, isto cura até gripe de dragão, se souber preparar.

Duda não deu atenção à avó. Entrou em casa correndo:

— Mãe! — gritou.

— Estou na cozinha...

— Por que o pai tava chorando ontem?

Teresa largou por um instante a vasilha com o arroz e olhou para o filho. "Não adianta mentir", pensou.

— Seu pai foi despedido.

— Despedido? Ele fez alguma coisa errada?

— Claro que não. É que tinha motoristas demais e ônibus de menos.

— Nós vamos ficar pobres?

— Pobres já somos, Duda. Talvez as coisas piorem um pouco mais, talvez não. Depende de quanto tempo seu pai vai levar até conseguir outro emprego. Não se preocupe, tá bom?

— E agora, mãe?

— Agora você vai trocar de roupa enquanto termino o almoço — Teresa ordenou empurrando o filho em direção ao quarto.

antes mesmo que Duda levantasse

levantasse para a escola, Antônio saía de casa, conferindo os poucos anúncios oferecendo emprego.

— Daqui a pouco aparece alguma coisa — Teresa dizia sempre que ele voltava no final da tarde, e ficava sentado na sala esfregando as mãos, ansioso.

— Pode ser. Mas você assiste aos jornais na TV. Tá vendo a situação... Tem uma porção de gente atrás do mesmo emprego que eu.

— Eu sei, mas não desanima — Teresa incentivava, massageando os ombros do marido para reforçar seu apoio. Além de palavras, ela agiu, colocando no portão da casa uma placa: "Vende-se verdura". Espalhou para a vizinhança que a partir de agora fazia consertos em roupas, cobrando barato. Mas o dinheiro começou a sumir, devagarzinho sumindo.

Na sexta-feira, Duda chegou da aula afobado como sempre. Deixou as coisas sobre a cama, lavou as mãos e foi almoçar. Antônio tomava um café enquanto conversava com Teresa, debruçada sobre as louças sujas.

— Oi — disse, sentando-se.

Apenas a mãe respondeu, Duda olhou para o pai. A barba normalmente bem feita crescia espetada no rosto moreno. Tentou brincar:

— Perdeu o barbeador, pai?

Antônio esboçou um sorriso e tomou outro gole de café. O menino não desistiu de puxar conversa.

— Hoje vou separar as iscas.

— Não precisa — Antônio disse.

— A gente não vai pescar amanhã?

— Vou sozinho. Eu mesmo arranjo as iscas.

— Por que não posso ir?

— Porque estou dizendo que não.

— Mas pai, o senhor...

— Cala a boca, Duda! Desde quando tenho que ficar discutindo com criança? — Antônio gritou, levantando-se. Encarou o filho por alguns segundos antes de sair, batendo a porta da cozinha com força. Duda ficou paralisado, olhando a fumaça que subia de seu prato. Depois começou a chorar, as lágrimas escorrendo, em pequenas curvas, lentamente pela blusa de uniforme.

— Duda... não fica assim — Teresa pediu, abraçando o filho por trás. O menino continuou balançando os ombros, soluçando.

— Seu pai tá nervoso. Você não pode imaginar para um homem como ele o que é perder o emprego.

Duda levantou da cadeira tentando engolir o choro. Teresa cobriu o prato e guardou no forno. Depois entrou no quarto do filho e colocou a cabeça dele no colo, acariciando-a.

Antônio foi para o bar de seu amigo Zeca. Ficou fumando um cigarro encostado no balcão, espiando a tarde quente evaporar.

— Tá sabendo da história do jacaré? — Zeca puxou conversa, espantando o tédio e as moscas que rondavam o balcão.

— Não me interessa essa história. Jacaré ou elefante, para mim tanto faz quem se perdeu na lagoa.

— Nada disso. Tô falando dos dois mil reais...

Antônio ficou repentinamente interessado na conversa. Apagou o cigarro e virou-se para Zeca.

— Que dois mil reais?

— Não tá sabendo? Pois vou te contar... Meu cunhado é quem tá metido nesta história. Um milionário da Pampulha prometeu pagar quinze mil reais para quem fosse buscar o tal jacaré.

— Como é?

— Verdade. O maluco tá construindo um zoológico na casa dele. Parece que já tem leão e tudo. E encomendou um jacaré do Pantanal ao meu cunhado.

— E seu cunhado?

— Foi buscar junto com um amigo. Até eu iria. Quinze mil mais as despesas de viagem... e tudo deu certo, até chegarem aqui.

— Então?

— Bom, quando já estavam contornando a lagoa trazendo um baita jacaré, apareceu um carro da polícia. Talvez nem estivessem atrás deles, mas sabe como é, caça ilegal é crime sério no Brasil. Se apavoraram e soltaram o bicho em frente a ilha das árvores gêmeas.

— Que ilha é essa?

— Aquela, pouco depois do museu. Tem uma vegetação baixa e duas árvores imensas. São tão parecidas uma com a outra que todo mundo diz que são gêmeas.

— Sei, mas onde entram os dois mil?

— No bolso de quem conseguir recuperar o jacaré. O milionário não quis nem saber. Não recebeu o jacaré, não pagou. Daí que meu cunhado tá maluco. Imagina o trabalho... sair de Belo Horizonte, ir até o Pantanal, tirar do próprio bolso para comprar um monstro desses e na hora H não receber o dinheiro.

— Dois mil... — Antônio sonhou. Depois perguntou, desconfiado: — Por que seu cunhado mesmo não recupera o bicho?

— Tá tentando. Mas se alguém conseguir primeiro, leva o dinheiro.

— E se quem achar entregar direto para o milionário?

— Tá pensando que meu cunhado é bobo? Só ele sabe quem é o cara.

— Você garante que ele paga?

— Dou minha palavra.

Antônio saiu caminhando sem rumo enquanto pensava: “Como é que se pega um jacaré? Será que é preciso um barco? A lagoa é tão grande... dois mil reais... me ajudaria demais nesta hora... será que consegue engolir uma pessoa?... pior é pegar ele vivo, morto seria mais fácil... dois mil reais...”

Estavam todos tomando café no sábado cedo quando Antônio levantou-se da mesa e disse:

— Tenho de resolver um problema na rua.

— Você não vai levar esta bobagem adiante, vai? — Teresa perguntou.

Duda e Dodinha desistiram do pão e grudaram os olhos em Antônio, curiosos.

— Depois a gente conversa — ele respondeu, virando as costas e andando em direção ao portão. Duda foi atrás.

— Pai, o senhor não vai mesmo me levar?

— Hoje não vou pescar. No próximo sábado, tá bom?

— Tá — Duda aceitou sem muito entusiasmo. Voltou correndo para a cozinha.

— Mãe, de que bobagem a senhora tava falando com o pai?

— Sabe o tal jacaré? Existe mesmo, e seu pai cismou de pegar o bicho...

Dodinha quase engasgou com a torrada.

— Quando ele vai? Como ele vai fazer para pegar o jacaré? Por que tá querendo pegar? — ela entrevistou, ansiosa.

— Calma, mãe. A senhora acaba tendo um troço. Que interesse é esse?

— Nada, nada — Dodinha respondeu e deixou a mesa, arrastando a toalha e derrubando a garrafa de café. Nem olhou para trás.

— Ei! — Teresa gritou. — Tá com medo de perder o trem?

Duda segurava o copo, imóvel.

— Verdade, mãe? O pai vai mesmo tentar pegar o jacaré?

— Diz que sim — Teresa confirmou, enquanto ajeitava a bagunça que Dodinha provocara.

Duda caminhou os dois quarteirões que separavam sua casa da mercearia do pai de Aninha, onde a garota costumava passar as manhãs de sábado.

— Veio só me visitar ou gastar dinheiro? — ela brincou quando o viu.

— Vim trazer uma notícia. O pai vai atrás do jacaré.

As sobrancelhas de Aninha arquearam, interrogativas.

— Sério?

— Sério. E parece que vai ser hoje mesmo.

A garota e ele trocaram olhares por um segundo, até que Duda comentou:

— Só não sei por quê...

— Eu sei. A recompensa.

— Que recompensa?

Aninha contou toda a história que tinha ouvido numa conversa entre seu pai e alguns fregueses.

— Por isso o pai tava tão animado. O dinheiro...

— Devemos impedir essa caçada — a garota falou, alisando o queixo magro.

Duda não resistiu, rindo.

— Que foi?

— Você, claro. A gente não tá falando de uma lagartixa, mas de um jacaré. Além do mais, impedir por quê? O pai precisa de dinheiro. Te falei que ele tá desempregado?

— Falou. Mas isso é outra história, Duda. Sabia que o jacaré vai ser preso num fosso se for pego? O Pantanal é sua casa, é onde está sua vida.

— Não sei, só sei que o pai tá precisando de dinheiro.

— Duda, você tem que me ajudar...

— Esquece, vou embora.

— Posso ir lá mais tarde?

— Na hora que quiser.

Pouco depois do almoço, Aninha apareceu. Estavam todos agitados. Teresa perseguia Duda, que perseguia Antônio, que fugia de Dodinha.

— Que confusão é essa?— Aninha perguntou, entrando.

— O pai não quer levar ninguém com ele. Diz que é perigoso.

Antônio finalmente achou a corda que procurava. Ajeitou sobre o teto do carro, com um amontoado de apetrechos que providenciara. Teresa tentou acalmar Dodinha.

— Eu preciso ir junto! — ela protestou. Enquanto conversavam Antônio deslizou o carro pela garagem e sumiu.

— Olha lá, tá indo sem mim! — Dodinha esbravejava enquanto a *BMW* transformava-se num pontinho azul, distanciando-se.

— Mãe, calma...

— O jacaré pode ir parar no fundo do fosso e você pede calma? — ela resmungou desolada, enquanto desaparecia dentro de casa.

— Será que sua vó também é verde? — Aninha ficou curiosa. Duda achou engraçado mas não estranhou a pergunta. É que a garota considerava-se — e era — uma ecologista de primeira hora. Algumas vezes chamava a si mesma e aos que pensavam igual de "verdes". Achava charmoso, ao contrário do apelido com que Duda, às vezes, a chamava: "Agrião".

— Dodinha, verde?... Só se for de tanto mexer na horta.

— Se não é, por que esta preocupação toda com o jacaré?

— E eu vou saber? Ela não consegue viver sem confusão, vai ver que é isso.

— Muito estranho, sabia? — Aninha falou colocando as mãos na cintura e olhando fixamente para o chão. Depois pegou Duda pela mão e disse:

— Vem comigo!

— Onde?

— Investigar as coisas da sua avó!

Entraram no quarto e encostaram a porta.

— A gente tem que encontrar alguma coisa — Aninha disse, sussurrando.

— Encontrar o quê? Isto aqui tá parecendo filme de espionagem...

— Algo que explique o interesse de sua avó pelo jacaré.

— Já sei — Duda lembrou-se. — O bloco.

— Que bloco?

— Ela vive anotando coisas num bloco.

O menino mexeu num amontoado de papéis sobre a cômoda, até que o encontrou. Saíram do quarto e foram para a varanda sem que Teresa visse. Aninha abriu, passando as páginas. Parou nas últimas e começou a decifrar as

letras miúdas, arrastadas, que vinham após o título: "Projeto Jacaré". A cada palavra que lia sua expressão de espanto tornava-se mais teatral: colocava as mãos no peito, mexia os cabelos nervosamente para trás e revirava os olhos enquanto a boca ia se abrindo, trágica.

— Não acredito nisto!

— O quê? — Duda perguntou, tentando ler sobre os ombros dela.

— Não pode ser — Aninha continuou sem dar atenção a ele. — É loucura...

— Fala logo!

Finalmente olhou para o amigo e disse, indignada:

— Sua avó simplesmente tá querendo comer o jacaré!

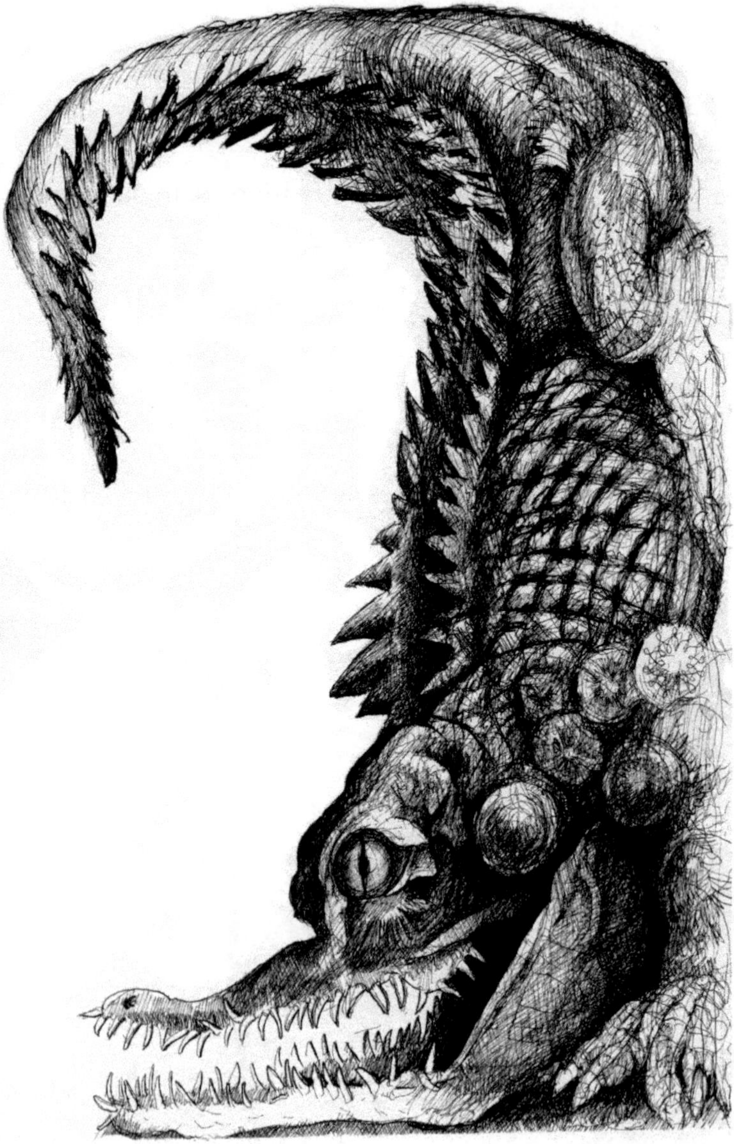

Duda balançava na rede, interessado

na história que lia. Aninha limpava as unhas em silêncio, pensativa. Até que perguntou:

— E se o jacaré tiver uma namorada esperando por ele?

— Como assim?

— Ué, todo mundo tem namorado, ou deveria ter — ela falou encarando Duda. O menino ficou vermelho mas não desviou os olhos, principalmente quando percebeu que ela também corou. Aninha deu uma volta em torno da pilastra enquanto decidia. Finalmente falou:

— Precisamos ir também.

— Aonde?

— Atrás do jacaré. Imagina, Duda? Além do seu pai e de sei lá mais quantos que querem o dinheiro, agora tem a sua avó... Nem acredito, sabia? Assar o jacaré...

— Esquece essa história — Duda aconselhou. Pensou em virar as costas e voltar para o seu livro, mas a brisa começou a jogar o cabelo de Aninha da cabeça para o rosto e depois do rosto para a cabeça novamente. Como queria continuar apreciando aquilo, resolveu continuar a conversa, mesmo que em tom irônico:

— Tá bom, pegamos nosso caminhão, nosso guindaste, conquistamos o jacaré com uma porção de flores amarelas e aí levamos o bicho para o Pantanal novamente. Assim que vai ser?

Aninha olhou para o chão desanimada. Depois disse:

— Tudo bem. Faço o que tiver que fazer sozinha — e começou a caminhar em direção ao portão, dramática.

— Espera! Aonde é que você vai?

— Embora. Já vi que você não entende certas coisas...

— Eu não entendo certas coisas?... Você é que parece viver num outro mundo. Vê se tem cabimento o que você tá querendo armar?

— Não estou querendo. Vou!

— Ah, é? Então boa sorte!

Aninha virou-se e começou a andar novamente, desta vez como se estivesse diante de uma câmera e precisasse estudar cada movimento. Duda ficou olhando. Sua garganta secou vendo-a sair. Deu dois passos para a frente, na direção dela, mas desistiu.

"Como pode ser tão medroso?", Aninha disse para si quando atravessou o portão da casa de Duda, mais decepcionada que enraivecida, pois esperava que ele a impedisse de ir embora. Deixou o jeito teatral de andar e passou a caminhar como sempre, apressada e decidida.

Deitada na cama, Aninha procurou pensar em alguma coisa que pudesse ajudá-la a salvar o jacaré, mas era de Duda que lembrava: "Nem me pediu pra ficar...". Depois, ela girou o corpo sobre o lençol e balançou a cabeça, como quem limpa farelos de uma toalha. "Preciso pensar é no jacaré, isto sim. Será que tem mesmo uma namorada esperando por ele?"

— Aninha, almoçar! — Sua mãe gritou da cozinha, interrompendo. Ela estranhou quando a filha, que normalmente comia com prazer, ficou apenas separando uns grãos dos outros.

— Ué! O que aconteceu com sua fome de urso?

— Nada, tô preocupada com umas coisas — Aninha falou com extrema seriedade. Sua mãe riu, mesmo acostumada ainda se surpreendia com essa concentração adulta de Aninha.

— Preocupada com o quê, menina?

— Com o Duda...

— O que tem o Duda?

— Como assim, Duda?

— Você acabou de falar que está preocupada com o Duda.

— Que Duda, mãe, eu falei jacaré.

— Ah, menina, presta atenção! Você disse Duda... Duda!

— Eu?... Mas é nunca! — Aninha retrucou. Depois, com seus botões: "Será?... Ah, sei lá. Chega desse menino", decidiu, e começou a cortar o bife sob o olhar aprovador da mãe.

Duda conversava com o espelho, trancado no banheiro: "Quem ela acha que é? O Indiana Jones pra sair lutando contra jacaré? Até parece...".

— Duda, dá pra sair do banheiro? — sua mãe gritou da porta.

— Tô saindo! — respondeu, mas ainda demorou mais alguns minutos, pois precisava terminar sua conversa. Ficou encarando o próprio rosto no espelho, que dividia a quem o usava em dois, pois tinha uma rachadura bem no meio. Isto sempre divertia Duda, mas desta vez a única coisa que conseguiu dizer antes de sair foi: "Droga!".

No dia seguinte, ele estava sentado no sofá, tentando entender por que os japoneses bombardearam Pearl Harbor e fizeram os Estados Unidos entrar na Segunda Guerra, assunto do livro que lia com interesse.

— Dudaaa! — ouviu. Logo depois, abandonou por um tempo sua leitura, saindo para comprar uma barra de sabão, urgência urgentíssima segundo sua mãe. Pensou em ir até o supermercado em frente à igreja, para não correr o risco de encontrar Aninha, mas lembrou-se de que a menina nunca estava na mercearia do pai nesse horário e resolveu manter o costume.

Quando chegou, não viu ninguém. Debruçou-se no balcão e chamou:

— Seu Aristides!

Demorou alguns segundos até que alguém respondeu:

— Eu sirvo?

Duda viu Aninha saindo de trás de um saco de batatas, passando a mão pela testa para enxugar o suor.

— Posso saber o que o senhor deseja? — ela foi falando.

— Uma barra de sabão — Duda respondeu, recompondo-se discretamente do susto de encontrá-la ali. Aninha foi até a prateleira, retirou o sabão e o embrulhou, entregando a Duda. O menino ficou examinando alguns segundos, depois ergueu o braço.

— A senhora poderia fazer o favor de embrulhar isto direito?

— Não!... Tá muito bem embrulhado! — Aninha respondeu, erguendo o queixo e olhando desafiadoramente para Duda. O menino deu de ombros, deixou o dinheiro sobre o balcão e virou-se para sair.

— Duda! — Aninha chamou antes de ele atravessar a porta. Ela deu a volta no balcão e ficou perto dele.

— Senhora? — Duda perguntou, empertigando o nariz.

— Ah, chega disto, né, Duda? Vamos fazer as pazes! — ela mais decretou que perguntou, colocando a mão no ombro dele. O menino balançou a cabeça ajeitando os pensamentos.

— Tá fazendo o que aqui, nesta hora? — finalmente falou.

— Tive que vir buscar um café. Papai aproveitou e pediu que eu tomasse conta enquanto ele ia ao banheiro.

— Quer espantar o calor com uma limonada lá em casa depois? — Duda convidou, deixando claro que concordava com o acordo de paz.

— Claro!... Aí te explico meu plano.

— Que plano?

— Ué, o plano que bolei para ajudarmos o jacaré...

— Aninha! Tá louca? Ainda tá pensando nisso?

— Lógico, ué!

— Ah, meu Deus, não acredito...

— Pois pode acreditar. Então, o convite para a limonada está de pé?

— Só para a limonada...

— Mas não tínhamos feito as pazes?

— Se for para continuar com essa história, pode esquecer.

Aninha ficou calada olhando Duda, que olhava para ela. Era aquele vital segundo onde se decide entre manter uma briga ou levantar a bandeira branca. Ela fez sua escolha:

— Quer saber, Duda? Pega a sua limonada e tome um belo banho com ela. Acho que vai te fazer bem.

— Vou tomar mesmo, jacaré! — Duda falou, usando a mesma estratégia de apelidar Aninha de acordo com o interesse dela no momento. Além de Agrião — o apelido mais frequente —, já chamara a amiga de coruja, esquilo, couve-flor e até de Vale do Jequitinhonha, numa época em que ela cismara de escrever cartas para os jornais, denunciando o abandono daquela região.

Depois que saiu da mercearia, batendo pé e sem olhar para trás, Duda foi direto para casa. Antes de entrar, parou um pouco no canteiro onde Dodinha estava agachada. Ela tinha a mão cheia de ervas e preparava-se para apanhar mais algumas.

— São para vender, vó?

— Não, essas eu vou usar no tempero da carne.

— Que carne? — ele perguntou desconfiado.

— Surpresa...

Duda entrou em casa apanhando um livro e prometeu não desgrudar os olhos da avó, mas antes que chegasse ao final do capítulo já estava dormindo.

Depois de recolher todas as ervas necessárias ao preparo do que ela chamava de "o tempero dos temperos", Dodinha subiu até o sótão e se arrastou no escuro. Encontrou a velha mala marrom e desceu para o seu quarto. Trancou a porta e colocou a mala sobre a cama. Uma nuvem de poeira soprou quando a tampa pulou pra trás. Por cima do amontoado de roupas, papéis e documentos, havia duas fotografias amareladas, esticadas numa antiga moldura. Dodinha colocou as fotografias num canto e remexeu no feixe de jornais que enrolavam a mais preciosa lembrança de Mário Valadares, seu falecido esposo: uma espingarda de caça. Desembrulhou e ficou olhando a arma por alguns segundos. Depois virou-se para a fotografia do marido e falou: "Meu velho, não te disse que um dia provaria carne de jacaré? E o melhor de tudo é que eu mesma vou caçar esse bichinho".

Teresa bateu na porta, estranhando que estivesse trancada.

— Mãe, tá tudo bem?

— Tudo — Dodinha respondeu, e guardou as roupas e os retratos na mala novamente. A arma, empurrou para debaixo da cama. Abriu a porta.

— Perdeu alguma coisa?

— Só estava preocupada. A senhora nunca tranca a porta.

— Pois devia trancar mais vezes — Dodinha disse, e saiu arrastando a mala até o sótão, sob o olhar curioso de Teresa.

O mar estava calmo e verde, muito claro e verde. A areia fina dançava com o vento, que corria lambendo tudo. Lá longe, no infinito, um barquinho parecia navegar no céu, e não no mar. Aninha estava sentada próxima à água, deixando que as ondas levassem suas pernas para lá e para cá. O sol era tão bom e claro e quente...

Duda caminhava contando os passos e enfiando os pés na areia molhada. Os braços abertos deixavam que o vento fizesse cócegas, então gargalhava. Mas o que o deixava feliz era admirar Aninha enquanto se aproximava dela. Quando chegou perto, a menina virou-se procurando seus olhos. Foi então que começou a chover e Duda preparou-se para correr, mas Aninha segurou sua mão.

— Por que correr? — ela perguntou.

— Tá chovendo — ele respondeu.

Aninha colocou a língua para fora e engoliu uma porção de pingos gordos. Depois falou:

— A gente tá junto, não é? Então... sol ou chuva, tanto faz.

— Duda... acorda!

Ele abriu os olhos e sorriu. Parou quando percebeu que a sombra úmida e fresca da sala substituíra a chuva, que o rosto enrugado de sua mãe tomara o lugar do de Aninha...

— Que cara, filho!

— É que eu tava... ah, deixa pra lá!

— Vem tomar café, querido.

— Tá bom.

Quando Duda sentou à mesa, ainda sonolento, Dodinha saiu do quarto assoviando uma canção, demonstrando um bom humor que não era muito comum nela.

— Cadê a namoradinha? — perguntou, assim que se ajeitou na cadeira ao lado de Duda.

— Que namoradinha?

— Uai, tem outra sem ser aquela do cabelo vermelho?

— Ela não é minha namorada! Já me viu andar de mão dada com ela? Já me viu dar um beijo nela? Já me viu ir à praia com ela? — Duda esbravejou.

— Hummm... que nervosinho! — Dodinha falou enquanto saía para apanhar a lata de biscoitos sobre a geladeira. Resolveu provocar, cantarolando: "Olha os dois namoradinhos, nem casaram e já estão separadinhos".

— Mãe!... Quer parar com isso? Você não ouviu o Duda dizer que não são namorados? Eles são somente amigos, não é, filho?

Duda ficou olhando o leite balançar dentro do copo que segurava. Um pequeno farelo de pão mergulhou e desapareceu. O menino bebeu um gole e finalmente respondeu:

— É...

quando saiu de casa, Dodinha abriu o portão silenciosamente, carregando numa sacola a velha espingarda. Levava também uma garrafa de café e algumas rosquinhas duras. Desceu a avenida a pé, avistando a lagoa no momento em que o sol escondia-se lá adiante. Primeiro, sentou admirando o final de tarde, os pés descalços acariciando a grama. Depois, abriu a garrafa, serviu um pouco de café e tomou. Quando se levantou, todo o movimento em torno do museu tinha desaparecido, e apenas alguns namorados circulavam abraçados.

Caminhou sem pressa até estar em frente a Ilha das Árvores Gêmeas e ajeitar-se num grande tronco atravessado aos pés de uma mangueira. Abriu a sacola, puxou a espingarda e examinou o gatilho que, desde os tempos em que a arma era usada pelo marido, vivia engasgando. Depois, começou a brigar contra os mosquitos, que atacavam como uma esquadrilha bem organizada e enfurecida.

Antônio deslizava sobre a lagoa numa pequena canoa. Tinha passado toda a tarde na casa do irmão — dono dela — cobrindo buracos na madeira envelhecida. Por fim, dando o trabalho por terminado, colocou-a sobre o carro e ali estava. Navegava no crepúsculo arrastando uma linha com quatro ou cinco anzóis em sua ponta, enquanto vigiava os guardas florestais que patrulhavam daqui para ali num barulhento barco a motor.

Assim que a noite chegou, remou até as proximidades do museu e desenterrou a rede, a corda, os ganchos e o arpão que havia escondido aos pés de uma escultura.

Depois de navegar daqui para ali em busca de alguma pista do jacaré, ancorou junto a um barranco apenas para admirar as luzes da igreja de São Francisco brilharem do outro lado da lagoa. Parecia um despreocupado turista, até que tudo começou.

Antônio deixou cair um pouco do café que tomava quando reparou os enormes juncos moverem-se à sua direita. Fechou a garrafa, colocou-a vagarosamente no fundo da canoa e segurou o arpão.

O silêncio de repente tornou-se tão absoluto que a vida ao redor parecia ter congelado, só restando o vai e vem da folhagem. Os insetos — antes tagarelando no seu *cric-croc* incessante — aquietaram-se mudos.

Antônio viu o pato selvagem quando enrugou os olhos tentando enxergar através da vegetação. A ave, com a cabeça inclinada sobre o peito, dormia entre dois galhos de bambu fincados na lama por algum pescador. Instintivamente levantou a cabeça, acordando. Primeiro esticou o pescoço e moveu os olhos lentamente vasculhando, tentando descobrir o segredo daquele estranho silêncio.

Suas penas eriçaram nervosas e a cabeça girou de um lado para o outro. O pássaro finalmente estufou o peito e alongou as patas, preparando-se para fugir.

Não teve tempo.

O jacaré arrastara-se camuflado pelos juncos, mergulhando em seguida e aproximando-se pela água por um dos estreitos canais que deságuam na lagoa. Num salto digno de medalha olímpica, alcançou a ave quando ela começou a mover as asas. Antes que soubesse o que estava acontecendo, o pato desapareceu, engolido.

Depois de atacar a ave, o jacaré descobriu o homem paralisado na canoa. Ficaram se olhando, hipnotizados um pelo outro. Por alguns segundos, Antônio fixou sua atenção nos dentes impressionantes, duas fileiras de lanças encurvadas cruzando-se. Quando o animal começou a mover-se em sua direção, inchando o corpo para exibir-se, ele perdeu o fôlego reparando na espécie de inimigo que tinha pela frente; a boca retangular aberta e imóvel, onde ainda se misturavam restos de penas e sangue; a barriga larga que depois se estreitava e virava o gigantesco rabo; as patas que terminavam em unhas pardas afiadas; o olhar que poderia derreter até o Monte Everest. "E agora, meu Deus, o que eu faço?", Antônio quis saber.

Dodinha levantou-se num pulo quando ouviu o barulho de juncos esmagados. Pegou a espingarda, colocou munição e aguardou, atenta. De onde estava pôde ver o vulto arrastando-se entre os caules. Aproximou-se até conseguir enxergar o jacaré. O rabo movia-se no ar formando um S silencioso, mas as patas agarravam-se firmemente ao solo. Dodinha levantou a arma até ter a cabeça do animal sob a sua mira.

Deu um passo desajeitado para trás quando o viu saltar e agarrar a ave. Por um segundo ficou admirando seus dentes brilharem manchados de sangue, enquanto devoravam a caça. Arrepiada, Dodinha voltou a caminhar afastando cautelosamente os galhos que se debruçavam em seu caminho.

Depois de atacar a ave, o jacaré ficou imóvel sobre um banco de areia, a luz da lua iluminando suas inúmeras verrugas. Dodinha engatilhou a arma e apontou.

Não viu sequer a sombra de Antônio quando atirou.

Assim que ouviu o tiro, Aninha gritou:

— Agora!... Acendeeee! E viva o Duda!

Seu pai encostou a tocha no pavio que acionava todos os foguetes. Na frente — em forma de meia-lua —, tinha preparado uma fileira com quarenta rojões barulhentos, e atrás uma menor com trinta fogos de artifício.

Os rojões começaram a explodir um atrás do outro, provocando um barulho infernal. A seguir, os fogos luminosos subiram muito alto, desenhando uma variedade tão brilhante de formas que um observador distraído diria serem átomos enlouquecidos.

Raios verdes riscaram o céu antes de se apagarem sobre o parque de diversões. Uma mistura de luzes amarelas e vermelhas rodopiou dançando na direção da lua, e ali sumiu em alguma cratera. Outras voaram deixando para trás um rastro que desapareceu calmamente, depois de soprar seu fogo azul sobre as nuvens.

Antônio mal teve tempo de perceber que alguém atirara em sua direção. A explosão dos foguetes fez com que caísse sentado, levantando um dos braços para proteger-se e apoiando o outro no fundo da canoa. Esse movimento desajeitado inclinou a embarcação para o lado e rompeu um dos remendos. Ele tentou fechar o buraco usando as mãos, mas a água enlameada correu entre seus dedos. A canoa começou a naufragar, apontando a proa para o alto enquanto a popa deslizava para o fundo, até que desapareceu completamente sob a lagoa. Antônio afundou na água rasa junto com ela, coberto até a cintura.

— O jacaré! O jacaré! — bufava enquanto tentava caminhar até a margem. Depois lembrou-se que era onde o animal estava e ficou parado sem saber exatamente o que fazer além de rezar.

O motor preguiçoso de um anjo roncou longe, aproximando-se depois para atender suas preces.

o inspetor passou o lenço sobre o rosto suado

enquanto ouvia Antônio terminar sua história. Dodinha estava num banco ao lado dos dois, observando o trânsito de lagartixas que cruzavam o teto.

— Então, seu delegado.

— Inspetor...

— Desculpe, seu inspetor. Mas como eu ia dizendo, enquanto eu estava ali sem saber o que fazer apareceu o barco da polícia, alertado por toda aquela confusão. Me tiraram da água quando eu já achava que ia virar comida de jacaré.

Nesse ponto, Antônio parou um segundo para respirar. O inspetor apertou a enorme pedra de seu anel antes de dizer:

— Sua sogra deu um tiro na lagoa com uma arma do tempo do império. Sabe-se lá quantos mais teria dado se a espingarda não tivesse emperrado. Podia ter ferido alguém, sabia?

— Sabia — Antônio respondeu, passando a mão na coxa e tentando imaginar o estrago de uma bala entrando ali.

— Agora me diz: o que eu faço com os dois? Ponho na cadeia ou num hospital de doidos?

— Deixa a gente ir embora, é melhor...

Antes que o inspetor pudesse responder, um policial entrou na sala, seguido pela menina e seu pai.

— Chefe, este é o sujeito que soltou os fogos — o detetive explicou, apontando seu Aristides.

— Oi, seu Antônio! — Aninha cumprimentou, abrindo ainda mais os já enormes olhos pretos, surpresa de encontrar ali o pai de Duda e Dodinha.

— Oi, vó! — ela acenou.

— E desde quando sou sua avó, menina? — Dodinha resmungou.

— Vocês se conhecem? — O inspetor questionou, incrédulo.

— Muito mais do que isto! Somos amigos — o pai de Aninha apressou-se em dizer. O inspetor ficou andando em torno de sua cadeira, enquanto tentava adivinhar que tipo de farofa aquilo ia dar. Finalmente, apontou para o seu Aristides e começou:

— Quer dizer que o senhor é o tal que fez aquele espetáculo todo?

— É verdade — o pai de Aninha respondeu com certa satisfação.

— Posso saber o motivo?

— Minha filha pediu...

— Sua filha?

— Esta aqui, a Aninha.

— Sei... E então?

— Bom, como o Antônio pode confirmar, sou eu quem anima as festas juninas do bairro, com o espetáculo de fogos. Sou muito bom nisso, sabe? Uma vez, em São Romão de Itabira...

— Por favor! Não me interessam suas habilidades como foguista, ou foguetista ou sei lá o quê. Quero saber apenas o que aconteceu hoje.

— É que aquela foi a minha melhor exibição, o senhor precisava ver as...

O inspetor cruzou os braços, olhando bem nos olhos de seu Aristides.

— Desculpe... Vamos falar então da exibição de hoje. Foi uma coisa modesta, sabe, aprontada de última hora. É que minha filha disse que era aniversário de seu amigo, o Duda.

O inspetor interrompeu um bocejo pelo meio:

— Espera! Espera!... Quer dizer que temos um novo personagem aqui? Quem é esse tal de Duda?

— O filho daquele ali, uai — respondeu, apontando para Antônio.

— Santa Protetora dos Inspetores Honestos, dai-me paciência para entender estes malucos — o inspetor pediu. Passou as duas mãos sobre as bochechas vermelhas e depois fez um sinal para que seu Aristides continuasse.

— Pois é, Aninha disse que queria dar um presente especial para ele, e o que poderia ser mais especial que uma solta de fogos exclusiva, hein? Só minha filha mesmo para ter uma ideia tão boa. E que eu saiba não é proibido, é?

O inspetor ficou em silêncio um instante, decidindo se era ou não. Pensou em outra coisa:

— Esse tal de Duda estava na lagoa também?

— Não, e este é o ipsilone da questão.

— Ipsilone? Que droga é isso? — o policial ficou intrigado.

— Ai, que sujeito burrinho — Dodinha comentou. O inspetor virou-se para ela, caminhando, mas Antônio levantou-se rapidamente, salvando a sogra.

— Ipsilone a gente usa lá no bairro. É o mesmo que "x" da questão — explicou rapidinho.

— Posso continuar? — seu Aristides perguntou, ajudando a contornar a situação. O inspetor fez que sim, com um movimento das sobrancelhas.

— Pois então... o interessante de tudo é que o Duda estava em casa e não sabia de nada. Imagina, acordar com aquela maravilha toda iluminando o céu e depois descobrir que ele era o homenageado...

— Que emocionante — o inspetor suspirou com o cansaço de quem vê pela décima vez a mesma novela. — Se era só isso, por que fugiu do local?

— Fiquei assustado. Quando começou a aparecer uma porção de carros da polícia, achei melhor ir embora. Aí um detetive me descobriu e disse que eu teria que vir pra cá prestar depoimento.

— Sei... Talvez seja isso. Mas talvez o senhor tenha fugido porque está envolvido nessa história do jacaré, hein?

— De jeito nenhum, seu delegado. Meu negócio é só a mercearia e os fogos.

— Ele está envolvido, sim, só que não sabe — Aninha interferiu, levantando de onde estava e andando até o inspetor.

— Eu estou envolvido?! — seu Aristides assustou berrando involuntariamente.

— Posso falar? — Aninha quis saber.

— Se não for muito difícil, eu gostaria — o inspetor autorizou, depois de se sentar, levantar e sentar novamente na cadeira cruzando os braços lentamente, como quem finge paciência.

— É isso que meu pai disse, seu inspetor. Só que não é aniversário do Duda nem nada. Inventei tudo...

Todos se voltaram para ela interessados.

— Eu queria espantar o jacaré, porque uma porção de gente tava atrás dele, inclusive seu Antônio e dona Dodinha. Daí pedi ao papai que fizesse a queima de fogos em frente a Ilha das Árvores Gêmeas, onde diziam que estava. Inventar a história do Duda foi o único jeito de convencer meu pai. Achei que o *show* assustaria o jacaré e ele tentaria encontrar um lugar mais seguro para se esconder...

— Caçar o jacaré, salvar o jacaré, dar um *show* para o jacaré... que espécie de malucos eu tenho aqui? — o inspetor levantou-se num impulso e esbravejou, no limite do desespero.

— Da espécie dos répteis — Dodinha respondeu, arrancando risadas dos detetives que assistiam ao estranho interrogatório.

— Doidinha, por favor! — o inspetor tentou impor ordem.

— É Dodinha — Antônio corrigiu. O policial olhou para ele como se dispensasse a correção. Depois, virou-se para Aninha:

— Continua...

— Tá bem. Aproveitando a ocasião queria anunciar que vou criar uma brigada ecológica na minha escola. Vamos fazer uma campanha pela salvação completa da lagoa. É verdade que as reformas deixaram tudo muito mais bonito, mas não podemos pensar apenas na maquiagem. Temos que pensar na limpeza da água. Tem lixo sobrando e uma porção de esgotos deságua nela, vindo de toda parte. A lagoa simplesmente está morrendo...

A garota se entusiasmou e por pouco não subiu na cadeira para prosseguir:

— Na hora de assumir responsabilidades não aparece ninguém, mas quando a lagoa se tornar apenas um poço de água suja vai ser aquela choradeira...

— Espera! Espera! O que é isso? Você tá falando de quê? — o inspetor interrompeu.

— Ué, da salvação da lagoa. O senhor não mandou continuar?

— A história do jacaré, minha filha, do jacaré.

— É tudo a mesma coisa: a preservação das espécies selvagens, a qualidade do ar, a limpeza das lagoas...

O inspetor olhou para um dos detetives e resmungou:

— Eu mereço...

Neste momento, outro policial entrou na sala e cochichou alguma coisa no ouvido dele. Depois de fazer um certo suspense, o inspetor anunciou:

— Os homens da polícia florestal conseguiram capturar o jacaré.

Silêncio rápido, até Aninha recuperar o fôlego:

— O que vai acontecer com ele?

— E como eu vou saber? — o inspetor retrucou, quase ofendido. Um dos detetives viu a preocupação da menina e tentou ajudar:

— Esse pessoal da guarda florestal é muito experiente. Vão cuidar bem dele.

— Isso é pouco!... O jacaré precisa voltar para a sua casa, que é o Pantanal.

— Bom, aí não sei...

O pai de Aninha interveio:

— Uma coisa de cada vez, minha filha. Já sabemos que o jacaré não vai ficar confinado num fosso. O resto é a seu tempo...

Todos, inclusive o inspetor, fizeram algum tipo de expressão concordando com seu Aristides. Aninha primeiro ficou olhando para seu pai, desconfiada. Depois relaxou.

— A gente pode ver o jacaré?

— Claro que sim — o inspetor respondeu com urgência, mentindo. Já havia percebido que o melhor era não discutir com Aninha. Dodinha resmungou:

— Queria ver esse bicho, sim, mas tostando no meu forno de pedra...

Antes que alguém dissesse qualquer coisa, a faxineira da delegacia entrou trazendo um refrigerante e um sanduíche, que cheirava a *bacon*.

— O lanche que o senhor pediu — a mulher falou, saindo logo depois. Como se tivessem combinado, todas as cabeças voltaram-se para a mesa onde ela deixara o lanche. O inspetor percebeu e se apavorou. Ele era valente o bastante para enfrentar desarmado os piores bandidos, perseguir assaltantes em alta velocidade, escalar montanhas atrás dos assassinos mais cruéis, mas era incapaz de suportar aquela dúzia de olhos secando seu sanduíche, sua coragem não chegava a tanto. Decididamente, aquilo não!

— Quer saber? O caso de vocês é mesmo de hospício. São todos um bando de malucos. Saiam da minha sala, deixem meu sanduíche em paz! Deixem meu sanduíche em paz!

Ninguém entendeu. Só então o policial percebera que tinha deixado escapar aquela frase, mas o que estava dito... estava dito:

— Fora! Fora! Deixem meu sanduíche em paz! — ele repetiu um tanto histérico e empurrando todo mundo para o corredor. Enquanto saíam puderam ver pelo vidro o inspetor sentar à sua mesa e fazer o sinal da cruz antes de dar a primeira mordida.

Antônio ligara para uma vizinha, pedindo que avisasse Teresa. Ela acordou Duda, pegaram um ônibus e estavam no pátio da delegacia, aguardando Dodinha e Antônio. Quando Teresa viu o marido, caminhou em sua direção.

— Dona Doidinha e Seu Doidão!... Que dupla vocês formam, hein? — ela provocou antes de abraçar Antônio.

— Olha o respeito, menina! Meu nome é Dodinha.

— Brincadeira, mãe. Que ideia, hein? — ela falou mais séria, repreendendo o marido. Ele deu de ombros.

— Chega dessa história... vamos embora!

— Espera um pouco, pai. Vou falar com Aninha — Duda pediu, quando viu a amiga e o pai dela passarem adiante, em direção ao carro.

— Oi, Duda! — Ela gritou de longe avistando o amigo. “Já volto”, avisou o pai antes de correr. O menino sentiu o estômago coçar e começou a rir quando ela chegou.

— Tá rindo de quê?

— Ainda pergunta, Aninha? Que história mais maluca é essa que você arranjou? Minha nossa!... Sempre achei que te faltava um parafuso. Agora sei que faltam vários...

Ela começou a rir também, depois disse:

— Mas foi um bom plano, não foi? Tanto que deu certo, talvez o jacaré volte para o Pantanal...

— Tomara que sim, sua maluquinha.

— Estamos fazendo as pazes?

— Para sempre — Duda respondeu, e voltaram a rir porque já haviam combinando duzentas vezes que não haveria mais desentendimentos.

Os outros chegaram, o pai de Aninha colocou a mão no ombro da filha e os dois caminharam para o carro, depois de se despedirem. No meio do caminho, Aninha voltou e entregou a Duda o *botton* que trazia preso à blusa. Ela mesma tinha feito. Era o desenho de um jacaré saindo da prisão com a mala abarrotada de coisas e um sorriso maroto no rosto comprido. Estava escrito: "Deixem o jacaré voltar para casa". Duda olhou o *botton* alguns segundos, tentando imitar o sorriso do jacaré. Depois o espetou sobre o bolso de sua camisa.

— Tchau — a menina despediu-se.

— Espera — ele pediu antes que ela virasse para ir.

— É que eu queria te falar uma coisa... quer dizer — Duda começou, mas os olhos de Aninha grudados nos seus dificultavam tudo. Tomou fôlego e foi prosseguindo aos tropeços:

— Bom, é que, bom, como você disse... quer dizer... poxa, o jacaré longe do Pantanal... deve dar uma saudade danada, né?

— Lógico, é muito ruim obrigarem a gente a ficar longe de casa, dos lugares que você conhece e gosta, longe da namorada, do namorado...

— Isto!... Isto é o pior de tudo, não gosto de ficar longe de você.

— Mas você não é meu namorado...

— Pois é... — Duda resmungou antes de se calar. A garganta encheu-se de areia do Saara, o coração saltou nas correntezas do rio Amazonas, o pulmão foi parar em Marte. O tempo parecia suspenso entre dois *icebergs*, uma eternidade gotejando antes que ele finalmente conseguisse dar um passo para a frente.

Beijou o rosto de Aninha, segurando sua mão. Ela entrelaçou os dedos, apertou e disse:

— Que gracinha...

Então seu pai buzinou duas vezes impaciente, querendo ir embora.

— A gente se vê amanhã na escola — ela falou depois de desgrudarem as mãos. Os dois foram andando na direção do carro de seu Aristides. Duda ajudou Aninha a abrir a porta e subir. Quando o carro partiu ficaram acenando um para o outro.

Duda e seu pai entraram no carro em silêncio, junto com Teresa e Dodinha. Depois de um minuto de dúvida, em que decidia se valia a pena ou não funcionar, o motor roncou.

— Achei que a *BMW* ia deixar a gente na mão. Só faltava essa para completar a noite — Antônio comentou. No caminho de casa circundaram novamente a lagoa. Enquanto o carro balançava no asfalto, Antônio admirava o reflexo da Lua sobre a água. Aqui e ali peixes curavam a insônia saltando uns sobre os outros. A lagoa da Pampulha parecia ainda mais bonita de madrugada.

— Sinto muito pelo dinheiro — Duda tocou no assunto.

— Que dinheiro?

— O que você ia ganhar entregando o jacaré, pai.

Antônio não respondeu. Olhou pelo retrovisor e viu a sogra dormindo pesadamente, a cabeça apoiada sobre o joelho de Teresa, mas o corpo um tanto torto para fora do banco. Parou o carro e a ajeitou com cuidado, colocando os pés para cima e esticando seu corpo.

— Esquece essa história, Duda — Teresa interferiu, percebendo que Antônio não queria mais falar sobre o assunto. — Tudo isso não passou de uma tremenda maluquice. O máximo que seu pai já fisgou foi aquele peixe de 700 gramas... Como ia conseguir pegar um jacaré? Ainda bem que ninguém se machucou nessa história maluca.

Enquanto Teresa falava, Antônio ligou novamente o carro e saiu. Duda quis ouvir música. Só então percebeu o buraco onde ficava o rádio.

— Ué? — ele disse, abrindo os braços e olhando para o pai.

— Tive que vender...

— O senhor não arranjou emprego?

Antônio respirou fundo antes de responder:

— Ainda não, filho — e depois, mais para si mesmo que para Duda: — As coisas devem ficar ainda mais difíceis daqui para a frente...

Ficou batendo com os dedos no volante, pensativo. O menino esperou que ele continuasse. O sinal abriu, Antônio deu seta e entrou à direita, sem dizer mais nada.

O carro parou em frente à casa, dando uma última chacoalhada nos parafusos. Enquanto Teresa lutava para acordar Dodinha, Duda desceu acompanhando Antônio. Antes que abrissem o portão da garagem, o menino falou:

— Preocupa, não, pai.

— É que a gente vai ter que apertar o cinto ainda mais. Parar com a pescaria por uns tempos, passeio, *pizza*, refriger...

— Tanto faz — Duda cortou.

Antônio olhou para o céu sem nuvens, azul e estrelado. Ficou assim uns segundos e então virou a cabeça novamente para o filho, sorrindo. Teresa e Dodinha passaram por eles abrindo a porta da sala.

Duda apagou a luz da varanda quando ele e o pai entraram abraçados em casa.

autor

Tenho de confessar que muita gente estranhou o título deste livro: "*Tanto faz?*", "como assim *Tanto faz?*", "*Tanto faz* o quê?".

A ideia é que, depois de ler o livro, cada um compreenda da sua maneira o que é que tanto faz... e, consequentemente, o que importa.

Tanto faz o quê?

As pequenas bobagens do dia a dia que nos irritam?

Chuva ou sol, dia ou noite?

Tempestade ou calmaria?

Sorvete de baunilha ou de chocolate?

Qual a importância dessas escolhas?

Muita, muita mesmo.

Algumas nos levam ao tédio e à indiferença, outras nos enchem os olhos com o mistério e o grande encantamento de simplesmente estarmos vivos.

O que conta?

As bobagens que irritam ou as que alegram?

O sol, a chuva, ou o quanto ficamos felizes sob o sol e sob a chuva?

Dia, noite, ou o quanto nos divertimos contando estrelas ou adivinhando desenhos nas nuvens?

O que importa?

O que tanto faz?

Acho que é isso que Duda, o menino-personagem deste livro, tenta descobrir enquanto sua amiga Aninha persegue um jacaré, que persegue Antônio, que, no fim, quase vira comida desse jacaré, que Dodinha quase... Bom, se você ainda não leu, não vou estragar a história contando quais as intenções de Dodinha com o tal jacaré.

Falando um pouco sobre mim: nasci, cresci, desapareci e depois apareci de novo na cidade de Belo Horizonte, onde vivo hoje, enquanto ainda não posso cuidar da rocinha que eu e minha mãe temos perto de Belo Horizonte, onde pretendo escrever, capinar, plantar, nadar e ar, ar, ar...

Tenho outros títulos publicados pela Saraiva, a editora que lançou minha primeira obra e que tem uma qualidade que adoro: leva livros ao Brasil todo. É emocionante receber cartas de leitores do Acre, do Ceará, do Paraná... Tudo que um autor quer é ser lido; tudo que um autor quer mais ainda é ser muito lido por pessoas de lugares frios, de lugares quentes, de lugares pequenos, de lugares enormes...

Terminando de falar sobre mim: sou divorciado, mas não desgrudo de minha amada filha Luiza. Luiza de pernas longas e finas feito uma garça, a quem tento ajudar no sentido de escolher apenas aquilo que a ajude a ser uma pessoa mais justa, saudável, feliz. E que acredite no mundo como um lugar curioso e divertido.

O resto, ah, o resto tanto faz.

Alan Oliveira

ilustrador Paulistano nascido em 1972, formando-se ao longo do tempo em desenho e outras curiosidades plásticas. Frequentou o ateliê livre de gravura de Evandro Jardim, no Sesc Pompeia, em São Paulo. Começou a carreira de ilustrador em 1999, na *Revista Imprensa*. Sua arte concentra atenção principal aos aspectos fantásticos, lúdicos e caricaturescos, colocando na linha suas impressões e sentimentos, criando, assim, um trabalho pessoal. Casado e pai do Heitor, suas obras podem ser conferidas em publicações mensais, entre outras.